魔法烏龍冒險隊 ①

英雄暗號的謎題

史提夫·史提芬遜 著

伊雲·比加雷拉 圖

U0099831

新雅文化事業有限公司
www.sunya.com.hk

英雄暗號

　　無論是現在或將來，
魔法鎮可能會面臨大大小小的危險，
　但只要「遠方會」唸出這道咒語：
「超級超級大英雄，遠方之地召喚你！」
　　　大英雄就會立即出現，
　　　　守護這座小鎮。
　　記住，一定要大聲地唸咒語，
　　　用盡全力去唸啊！

馬芬

與「遠方會」的朋友

馬芬

「遠方會」的大英雄，不修邊幅，有點小聰明，敢於冒險。

吉爾

熊魔法師，有點笨拙和
膽小，喜歡美迪。

菲菲

精靈公主，可愛迷
人，但難以捉摸她
的心情。

美迪

浣熊醫生，醫術精湛，
温柔細心，值得信賴。

泰德

鼯鼠博士，知識淵博，
背包裏放滿圖書。

布麗塔

松鼠戰士，英勇無畏，
但性格率直急躁。

目錄

1
吹泡泡糖大賽的意外

　　你想成為一位英雄嗎？要成為英雄，尤其是出色的大英雄，真是一點都不容易，而馬芬一直很努力地嘗試着。

　　馬芬不是特別勇敢，也沒有敏捷的身手和超凡的力量，這些公認為英雄的特質，在他身上都找不到。不過，只要他的「遠方會」朋友唸出一句神奇咒語，

便可以把他送到「魔法鎮」，這些朋友都視他為大英雄。

你一定會問：為什麼偏偏選中他呢？老實說，我也不知道啊！馬芬身形瘦小，長有一雙招風耳，頭髮亂得像小鳥窩般，鼻子總掛着鼻涕，總之他和我們想像中的英雄完全不同。不過，我可以向你保證，外貌並不重要，至少在魔法鎮的遠方會朋友並不在乎。

讓我從頭說起吧。今天我要說的故事，是關於馬芬如何獲得大英雄的魔法武器。

故事的序幕在馬芬的學校拉開。一天早上，準確來說是在小息的時候，一場吹泡泡糖大賽正在操場上演。馬芬的班裏有兩人進入決賽，分別是「霸王」阿迪和「壓路機」瑪莉娜。阿迪正吹出一個綠色的泡泡，他吹啊吹，泡泡越來越大，甚至比他的腦袋還要大呢！整整十八秒後，泡泡才爆破。

　　然後輪到瑪莉娜上場了。她把香蕉味、棉花糖味和可樂味泡泡糖一同塞進嘴巴裏，並拚命地咀嚼起來。她吹啊吹，一個彩虹般的泡泡越來越大，大家從

突然，「大胃王」森姆沒來由地狠狠推了馬芬一把，他不是第一次這樣做的了！

馬芬腳步不穩，撲倒在瑪莉娜身上，結果那神奇的泡泡只維持十七秒就爆破了。

「你！」瑪莉娜一邊拉起袖子，一邊對馬芬大喊，「你完蛋了！」

瑪莉娜本來就很強悍，此刻又一臉怒氣的，馬芬看見她的樣子，不禁嚥了嚥口水，說：「我不是故意的……我沒想過要破壞這場比賽……我對泡泡糖沒興趣啊，我喜歡吃的是甘草糖！」

「你給我閉嘴！」那台「壓路機」兇巴巴地大吼。

操場上的小孩都準備看好戲，四周響

起鼓動的吶喊聲：「瑪莉娜！瑪莉娜！」

　　馬芬步步後退，不經意撞到身後的垃圾箱。這個時候，一把震耳欲聾的呼喚聲突然從垃圾箱裏傳來，只聽那把聲音喊道：「超級超級大英雄，遠方之地召喚你！」

2

專屬於英雄的武器

　　那句召喚英雄的咒語，是由魔法鎮的大熊朋友唸出的。只有召喚英雄的咒語，他從來不會唸錯……啊，的確有一兩次失手啦。

　　馬芬被吸進垃圾箱後，不久發現自己正躺在前往熊崖堡的小路上，四肢張開，渾身上下都被臭哄哄的垃圾覆蓋。

「吉爾，你就不能讓我從正常的通道來這裏嗎？」馬芬氣呼呼地說，不過他很快就站起來，掃去身上的垃圾，然後跑向大熊，給他一個熊抱。雖然吉爾害他掉進垃圾箱裏，但至少幫助他暫時躲過瑪莉娜的追擊。

吉爾是一隻毛茸茸、胖嘟嘟的大熊，身上穿着藍色的魔法師袍，樣子看起來有點笨拙。

「你們可否不要這麼肉麻？」一隻松鼠說道，她正用尾巴將自己倒掛在樹枝上搖晃着。這隻中等身材的松鼠名叫布麗

塔，在魔法鎮裏，誰都知道她性格率直。

至於馬芬的另一位朋友泰德，正悠閒地攤在一堆泥土上，就像其他鼴鼠在休息時，也會擺出這樣的姿勢。不過對泰德來說，休息就是閱讀，他愛讀各種各樣的指南和古書，探索樹林的秘密。

「馬芬，我們要告訴你一個好消息！」吉爾高聲喊道。

馬芬瞪大雙眼，問：「難道是野豬投降了，不再找我們麻煩嗎？」

「不是，這跟野豬沒有關係，至少我不認為跟他們有關⋯⋯慢着，難道事情真的跟野豬有關嗎？」

「吉爾，快說吧！我的耳朵都豎起來了，別再拖拖拉拉啊！」馬芬說。

「你怎麼總是豎起耳朵？我看，連大象的耳朵都沒你的那麼大呢！」布麗塔嘲笑道。

於是，吉爾從右側口袋裏掏出一片紅色的東西，在空中揮舞起來。

「這⋯⋯這不就是『英雄暗號』嗎？就是你之前在老魔法師的密室裏發現

的？」馬芬問，吉爾向他點了點頭。

「我們第一次見面的時候，你就是用它把我召喚到魔法鎮的？」馬芬又問。吉爾再次點頭，說：「其實……其實……『英雄暗號』……你們看……」

「我的天啊！看你一副傻乎乎的樣子，到底能不能把話說清楚呀？」布麗塔哼了一聲，飛身將那片「英雄暗號」的大楓葉從吉爾手上奪過來。「哈！原來如此！吉爾之前都沒發現，楓葉背面還有文字和地圖呢！」

「什麼？」馬芬難以置信地說。

布麗塔翻到楓葉的背面，開始唸道：

遠方之地的大英雄，

與你之名匹配的武器，

存放於勇士秘洞。

尋找清澈水源，

發現土地之門，

冒着熊熊烈火，

呼出身體之氣。

你將在魔法鎮名垂千古！

吉爾奪回楓葉，對馬芬喊道：「你聽見了沒有？」

馬芬當然清楚聽見了。一想到能擁

有專屬於自己的武器，他早已興奮得手舞足蹈，一邊做着鬼臉，一邊發出怪聲：「哼！嘿！鏗！鏘！」然後大聲宣布：「我敢打賭，那武器一定是把寶劍！」

　　泰德從書本裏抬起頭來，他把一片葉子當作書籤，夾在用樹皮做的書

裏，然後托着眼鏡説：「偉大的獾族守護者『蜜糖劈木隊長』，他擁有一把寶劍……」

「或者……或者是一把雙刃斧！」

「那是『栗子心』將軍的武器，他的速度是睡鼠之中最快的。」泰德繼續回應馬芬。

「又或是一把百發百中的弓箭！」

「這跟『捕蠅舌』的武器相似，他是來自『惡臭沼澤』的蟾蜍勇士。」泰德微微揚起了嘴角，「他能射出帶刺的箭，直中敵人的──屁股！」

「夠了！」布麗塔打斷他們的對話，「你們難道忘了我們要完成任務嗎？」

馬芬挺起胸膛，邁開腳步，說：「沒錯！快跟我來！」

「去哪裏？」大家異口同聲地問。

「去哪裏？」馬芬模仿他們的語氣，「當然是去勇士秘洞啊！」

「我看，我們還是先弄清楚秘洞的位置吧。大傻熊，你研究過地圖了嗎？」布麗塔問吉爾。

「呃……我們要去……」吉爾吞吞吐吐地說，並將楓葉翻來覆去，最後他歎了

口氣，說：「你們還是幫我看看吧！」

於是，大家圍坐在橡樹下，開始研究楓葉背面的地圖。從地圖上看，勇士秘洞坐落在一片樹林的中心。

「幽蔽林……」布麗塔說出樹林的名字，「從來沒有聽說過呢。」

「嗯……」泰德咕噥着。

「『嗯』是什麼意思？」布麗塔追問泰德，「你知道幽蔽林在哪裏？快說！在哪裏？」

「希望只是我弄錯了，可是我幾乎都不出錯啊。」泰德喃喃自語着，他從沉

甸甸的背包裏拿出一本大書，翻開一張張以樹皮做的書頁，然後在其中一頁停了下來。「就是這裏，你們快看！書裏有這個區域的最新地圖，和楓葉上的幾乎一模一樣，只是地名更新了，而幽蔽林也有新的名稱。」

「現在幽蔽林叫……怪……怪……怪物林？」吉爾不禁尖叫起來，「我們要去的是怪物林？我……我才不去！各位，再見了，我要回家睡覺！」

布麗塔的聲音竟也變得陰沉起來：「我以全部橡果的名義發誓……許多松

鼠冒險家都跟我說過怪物林的恐怖故事啊……」

　　泰德比對了兩張地圖，說：「你們有沒有看見？勇士秘洞的所在之處，正是怪物住的地方。」

　　誰都沒有接話，四周一片寂靜，就連在林中盤旋的蒼蠅，似乎也不再嗡嗡作響。一片雲朵飄過天空，遮蔽了太陽，在山谷中投下長長的陰影。

　　馬芬終於按捺不住，他大喊：「難道這就嚇倒你們了嗎？我們可是『遠方會』啊，天不怕地不怕！一隻怪物算

得上什麼？」

「快給我一點蜂蜜！不行了，我快要暈倒了！」吉爾呻吟道。

馬芬瞪着吉爾：「不完成任務，你休想吃蜂蜜！」然後他搖晃着布麗塔的肩膀：「還有你……你不是想成為名揚四海的松鼠戰士嗎？」接着他又對泰德說：「你不踏上冒險之途，光看那些古老的傳說有什麼意義？」

「可是怪物林不是傳說。」泰德辯駁，「那裏真的住了一隻怪物，而且就在勇士秘洞裏！」

吉爾啪的一聲攤倒在草地上：「你們一星期後再來叫醒我吧……總之我不去！」

　　馬芬將雙臂抱在胸前，挑起眉毛，並露出自信的笑容：「如果我有一個好計劃呢？你們真的不去嗎？」

3

謎題的考驗

　　結果，大英雄的計劃讓大家都信服了，你知道是怎樣的計劃嗎？

　　答案就是：在怪物發現他們之前，先悄悄取得秘密武器，然後用它來打敗怪物！

　　我知道你一定在想：這計劃真爛！但仔細想想，這其實是一個合理的計劃。

「既然那是一件屬於英雄的武器，一定威力無窮。」馬芬解釋，「我們必定能輕而易舉地把怪物打成肉醬！」

「沒錯！」布麗塔興奮地跳起來，「我要把怪物肉醬當作早餐享用！」

「據我所知，你是一個素食者。」泰德一邊說，一邊托起眼鏡，「不過，如果採用這個戰術，我看我們也不是毫無勝算。」

「吉爾，你贊成嗎？」馬芬迫不及待地問，「吉爾？」

大熊正準備悄悄溜走，卻被馬芬逮

住了，他只好求情：「你們先讓我回熊崖堡吧！吃完蜂蜜點心，我的頭腦會清晰一點！我保證，我一定會回來！」

可是大家堅決不讓吉爾離開，吉爾只好跟著他們，一起沿着地圖上標示的小路，踏上冒險之旅。

「我們還得猜出那道謎題。」泰德喃喃地說，他正一邊走路，一邊研究楓葉上的文字。（反正他的視力已經很差，看不看路也無所謂了，何況就算掉進洞裏，他很快就能為自己挖出一條路。）「水、土、火、氣……即是四大元素。」

吉爾立刻拍起他的熊掌：「我知道！我知道！我在魔法學校裏學過！」

　　「但你被踢出校了！」布麗塔反駁道。

　　「啊……你說得對……認真算起來，我一共試過七次……」

　　「而且你連一個咒語都唸不對！」

　　馬芬忍不住替吉爾辯護：「至少他唸對一個咒語啊，否則我怎麼會在這裏呢？來吧，吉爾，把你知道的四大元素通通告訴我們吧！」

　　吉爾若有所思地想着楓葉上的那道謎

題，然後說：「嗯……『尋找清澈水源』的意思就是……我們要找到水！」

「這還用說？」馬芬歎了口氣，「好吧，謎題的第二句，『發現土地之門』，又是什麼意思呢？」

「我的家到處都是這樣的門，因為我們鼴鼠就住在地底。」泰德答道，「但是我不明白，這和尋找勇士秘洞到底有什麼關係？還有謎題的第三句『冒着熊熊烈火』，火是很危險的，玩火自焚！」

「可是，『呼出身體之氣』就很簡單……也未免太簡單了！」布麗塔一邊

思索，一邊鼓起兩腮，然後呼氣——噗！

　　馬芬又歎了口氣：「我們還是到了怪物林再說吧，還要走多久才能到達？」

　　這時，一陣風吹來，把地上的樹葉都吹往泰德的臉上，遮擋了他的視線，結果他撞上了一塊木板，彈到半空，然後砰的一聲，跌個四腳朝天。

大家合力將他拉起來，但一看見木板上的文字，他們都震驚得鬆開手，泰德再次摔倒在地上，砰！

「看來我們已經到了！」馬芬驚呼。

只見木板上寫着——前方危險，小心怪物！

4
危機四伏的冒險之旅

　　腦中的紅色警報亮起！布麗塔拔出木劍；吉爾舉起魔法杖，準備唸出保護咒語；泰德戴上眼鏡，仔細觀察遠方，留意樹叢裏的動靜。看來他們已準備好，迎接怪物的攻擊！

　　「大家冷靜一點！」馬芬說，「那塊木牌不過是一個警告……我根本沒看

見什麼怪物！」

「那你為什麼在發抖？」布麗塔反問道。

只見大英雄的雙腿抖個不停，但他卻裝作若無其事地說：「發抖？才沒有！這有什麼可怕的！」說完，馬芬便領頭踏上樹林小徑，其他同伴躡手躡腳地跟在他身後。馬芬不時轉身，向他們眨眼，表示沒什麼可怕的。

突然，他在灌木叢前停了下來，示意大家走近，並壓低聲音說：「你們看看那裏。」

灌木叢後又有一塊木板，上面寫着：
你們完蛋了！

「我說，這不像是告示。」布麗塔喃
喃說道，「一點都不像。」

「繼續前進吧。」馬芬低聲說。

大家跟在他身後，直到看見第三塊木
板：你們徹底完蛋了！

可是，四周連怪物的一絲蹤影都沒有，不光影子，就連一根皮毛、一條鼻涕都沒有！

「難道怪物外出了？」布麗塔皺起眉頭。

「難道怪物隱身了？」泰德低聲說，「據我所知，怪物都懂得隱身。」

大家四處張望，誰都沒有說話，卻能感受到彼此的緊張。突然──

「我以所有熊窩的名義發誓，我有好辦法！」吉爾大叫。

接着，他嘰哩咕嚕地說出一串詞語，

但誰都聽不懂。蜷曲的魔法杖上突然亮起光芒。

「吉爾，不要啊！」大家驚恐萬分地大叫起來。

「『味』影現身！」吉爾一邊大聲唸誦，一邊將魔法杖敲擊地面。

一道強烈的閃光乍現，大家不由得摀住眼睛。

當他們睜開雙眼時，看見吉爾正深呼吸着，圍着石頭不停轉圈，這裏嗅嗅，那裏聞聞。終於，他得意洋洋地說：「你們有沒有聞到？有一股臭味呢！」

「你到底是施了咒語，還是撒了便便？」布麗塔嘀咕道。

「那不是便便！」吉爾咧嘴大笑，「那是怪物的氣味！」

「你聞得到怪物的氣味？」馬芬驚訝地問。

「呃……其實我是想看見牠的。」大傻熊解釋，「不過這句『物影現身』的咒語，我還不是很熟練……」

馬芬搔着下巴，若有所思地說，「這麼說……只要我們跟着怪物的氣味，就能到達勇士秘洞，對不對？」

「我覺得這並非最佳戰術。」泰德評論道，「但我承認，暫時想不到比這更好的辦法。」

「吉爾，那麼你趕快聞啦！」馬芬催促着他，「快聞！」

於是吉爾伸出濕潤的鼻子，繼續搜尋

怪物的蹤跡。大家跟在他身後，一起在茂密的山林裏穿梭。他們知道，只要找到怪物，就能找到勇士秘洞；只要找到勇士秘洞，就能找到秘密武器！

布麗塔在樹枝間上竄下跳，留意着四周的動靜；泰德卻因為背包裏裝滿了沉甸甸的古書，每走一步都氣喘吁吁。

「你就不能把較厚的書扔掉嗎？」馬芬忍不住問他。

「絕不！」泰德一口拒絕。

「或者扔掉一些沒用的小書，例如用白樺樹皮做的……」

「鼯鼠的知識全都有用！」

馬芬知道自己無法說服泰德，於是走到他的身後，用力推他前進，幫他爬上陡斜的山坡。

當他們終於到達山頂時，大家都幾乎喘不上氣來。放眼望去，下方的山谷長滿林木，漿果纍纍，野花盛開。沒想到在怪物林的中心地帶，竟有如此迷人的風景！

這時，布麗塔從一棵橡樹的樹頂上

砰

冒出頭來，她興奮地指向前方，大叫道：「就在那裏！那裏有一片小湖！」

吉爾摀住鼻子說：「怪物的氣味越來越濃了⋯⋯」

「『尋找清澈水源』！」馬芬興奮地大喊，「謎題的第一句已經解開！要尋找的水源就是小湖！」

刻不容緩！他們立刻沿着山脊走向谷底。可是，當他們正要進入山谷時……

砰！吉爾竟被一條憑空出現的樹根絆倒在地。

噗咚！布麗塔從一根彈簧似的樹枝上摔了下來。

劈啪！馬芬的臉蛋被一根樹枝狠狠地抽打。

結果他們都滾落至一棵高大的榆樹

下。只有泰德安然無恙，因為慢吞吞的他總是落在隊伍的最後。他不慌不忙地從背包裏掏出一本大書，仔細地翻閱起來：「啊，原來是傳説中的森林守衛者！」他驚歎道，「準確地説，這是一棵稀有的絆腳樹。」

泰德的話音剛落，榆樹就搖晃着自己的樹冠，抖落的樹葉多得將他淹沒。

馬芬拍了拍榆樹的樹皮，不以為然地笑道：「這位守衛者的根扎在地上，必須留守在這裏，它又能把我們怎麼樣？」

啪！啪！啪！枝葉突如其來的三

連擊，將馬芬再次擊倒在地。

　　為免招惹更多的麻煩，遠方會的成員匆忙地離開，來到了湖邊。環顧四周，處處都是隨風擺動的蘆葦，還有五彩繽紛的報春花，婀娜多姿的蓮花則飄浮在水上，吐露出金黃色的花粉。

　　「嘩！我從未見過這麼迷人的地方啊！」馬芬看得入神，張開了嘴巴。

　　「可是這臭味實在太濃啦！我得趕快解除魔法，否則我就要暈倒了！」吉爾歎道。

　　「我連一丁點怪物的影子都沒看見

呢。」布麗塔諷刺道,「誰知道你施的究竟是什麼爛魔法!」

她拔出長劍,撥開湖面上的幾朵蓮花,想看看水底有什麼,「謎題的第二句是怎樣說的?」

「『發現土地之門』。」泰德回答,「但這和小湖有什麼關係?」

「沒有!」大家異口同聲地說。

「在這附近的地面上,你們有沒有看見一扇門?」

「也沒有!」

沒多久,馬芬突然瞪大眼睛,震驚地

說：「布麗塔，小心蓮花！」

　　只見一朵朵蓮花正攀上布麗塔的木劍，朝她發出兇惡的叫聲。蓮花的花瓣十分鋒利，就像刀片一樣。就在它們準備咬下布麗塔時，一把陌生的聲音傳來：「快停下！」

5

精靈公主菲菲

　　一個嬌小的精靈突然在空中出現，以驚人的速度飛翔。蓮花紛紛停止咆哮，放開布麗塔，重新飄浮在水面上。

　　「請原諒我的朋友吧！」精靈漲紅着臉，在空中盤旋，「她們把你們當成是壞蛋了，不過在我看來，你們都很『善意』！」

52

「是『善良』。」泰德糾正道。

小精靈的個子只有馬芬的一半，看上去就像一個可愛的洋娃娃，擁有碧藍的眼睛和金黃的秀髮，背上還伸展着一對蝴蝶般的翅膀。

「你們好，我叫菲菲，是花冠王國的公主。」菲菲自我介紹。

吉爾不禁搔了搔下巴：「我以全部的蜂蜜和榛子蛋糕發誓⋯⋯地圖上沒說這裏會出現精靈呀！」

「什麼地圖？」菲菲一邊問，一邊愉快地飛舞着。

馬芬插嘴道：「怪物林的地圖，這裏就是怪物居住的地方……」

菲菲疑惑地說：「可是這裏並沒有怪物呀，我也從沒聽說過有怪物林這種地方。這裏名叫精靈菲菲樹林，只有菲菲小湖和菲菲蓮花。」

布麗塔用手肘碰了碰身旁的吉爾：

「你這個大傻熊，是不是帶錯路了？」

　　吉爾直搖頭，小聲說：「說不定是這個精靈的腦袋有問題呢⋯⋯」

　　菲菲在一塊長滿青苔的石頭上坐下來，開始訴說自己的故事：「很久很久以前，我不小心迷路了，在外面遊蕩了很多天，仍然無法回到我的魔法王國⋯⋯

現在，我已經把這個小湖當作自己的家了。」

「我們來幫你找出回家的路吧！」馬芬憐惜地說，並挺起胸膛宣布：「我們是來自『遠方會』的勇敢探險家！」

「你倒是說說，我們這些勇敢的探險家應該怎樣做呢？」布麗塔滿臉疑問。

「說不定泰德知道通往花冠王國的路呢！」馬芬咧嘴而笑。

可是泰德搖了搖頭：「我從沒聽過這個地方。」

「喔！」馬芬歎了口氣。

菲菲不禁噘起小嘴，晶瑩的眼淚如同斷線的珍珠一般，滑過她的臉頰，滴落在湖裏。

「等等……我們可以去熊崖堡的圖書館找找看！」泰德看見菲菲哭了，急得漲紅了臉，「我們一定能找到花冠王國的所在地，幫助你回家！」

「一言為定？」菲菲還在哭泣，「不許食言啊！」

泰德點了點頭。

「你們真是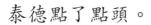！」菲菲讚歎道，歡喜地在空中翩翩起舞，「我能做些什麼來報答你們呢？」

馬芬想也不想便說：「你可以幫助我們完成任務！」

「什麼任務啊？」菲菲問。

「我們正在尋找一件屬於大英雄的秘密武器，你知道它藏在哪裏嗎？」

「什麼？」

「秘密武器！」

「那是什麼啊？」

聽到菲菲的回答，大家全都洩了氣。
布麗塔開始不耐煩地吹起口哨，泰德用布
擦拭着眼鏡，吉爾則不停向湖裏投擲石
塊，只有馬芬還不放棄追問：「在這
附近，你有沒有見過一扇在地上的門？」

　　「地上的門……倒是有一扇這樣的
門，就在沼澤附近。」菲菲思索着。

　　「沼澤在哪裏？」

　　「這裏原本是一片沼澤。我剛來的時
候，這個地方才沒有現在那麼美麗呢！」
菲菲再次飛舞起來，「沼澤臭氣熏天，
沒有花朵，連一棵小樹的蹤影都沒有！於

是，我在這裏種下許多可愛的植物和芬芳的蓮花，並把沼澤變成了小湖。」

「那麼，現在那扇門在哪裏呢？」布麗塔疑惑地問。

「在水底！它太難看了，於是我讓它『沈』在水底！」

「是『沉』在水底……」泰德忍不住改正她的用字。可是誰都沒有在意，此刻大家心裏想的是：在這個小湖底下，就是那扇通往勇士秘洞的門！

這時，吉爾突然手舞足蹈起來，興奮地喊個不停：「我看見啦！我看見

60

啦！湖底有一扇門啊！」於是大家紛紛把腦袋鑽進水裏，一探究竟。

「哈！謎題的第二句——『尋找土地之門』已經解開啦！」馬芬歡呼起來。

6

向勇士秘洞進發

在小湖的底部，有一個秘密入口。那是一扇厚重的木門，還插上了門閂。

「如果勇士秘洞就在這裏……」馬芬說，「那麼武器一定也在裏面！」

「可是，難道我們要跳進小湖嗎？」泰德嚇得瑟瑟發抖。

「還要潛到湖底，打開木門？」布麗

塔也有點驚慌。

「你們這羣膽小鬼，這有什麼好怕的！只要憋氣憋得足夠長就可以了！」馬芬打斷他們的説話。

吉爾的臉上突然露出神秘的微笑：「我知道該怎麼辦啦！」只見他正要唸出咒語，可是菲菲卻飛到他面前，站在魔法杖上，示意他停下來：「這裏禁止使用巫術！」

「巫術？我才不是巫師啊！」吉爾有點生氣了。

「什麼？你不是巫師？」菲菲大吃一

驚，「那你是什麼？」

「大概是……魔法師？」

「你確定嗎？你一點都不像魔法師啊。你看起來……看起來……更像是一隻巫師熊！」

「我不……」吉爾正想反駁，卻被馬芬打斷了。

「吉爾！別多說了，趕快施展你的魔法吧，快點！」

「什麼？對了！施加防水露斯！嘿！」吉爾一邊唸出咒語，一邊揮舞着魔法杖。

頃刻間，他們發現自己被一個透明的大球籠罩着，大球看似一戳就破的肥皂泡，但當布麗塔用木劍刺向它時，木劍卻反彈回來。

「這程度的魔法，只能在森林市集上賣弄啊。」布麗塔露出不屑一顧的樣子，「我們要這個大球做什麼？」

「啊！這樣的話，我們就可以在水裏滾動！」馬芬雙眼一亮，「快！我們一起推動大球吧！」

四對長短粗幼各不相同的手按在大球上，使大球慢慢滾動起來。可是一旦大球

加速，大家便在球裏東歪西倒，撞在一起了。

菲菲忍不住笑着說：「讓我來幫你們吧！」只聽她一聲令下，一朵朵蓮花從湖裏冒出來，讓大球停止滾動。待他們重新站立起來後，蓮花便把大球帶到湖裏，逐漸下沉到湖底。

「哈哈，很快我就能拿到我的秘密武器啦！」馬芬難掩激動的心情。

「啊呀呀！啊呀呀……你們能不能換個位置呀？」吉爾問。因為大球轉了方向，可憐的大熊現在被他的三個伙伴壓在球底，動彈不得。

好不容易，蓮花終於將大球送到湖底的木門入口。這裏漆黑一片，泰德若有所思地說：「真正的考驗現在要開始了……」

「只要你們讓我起來，我一定能幫上大忙。」吉爾再度提議。

「哈哈，你知道嗎？你這個毛茸茸的沙發真是舒服極了！」布麗塔坐在吉爾的腦袋上，逗趣地說。

「我們要先打開木門，然後迅速關上，否則我們會被湖水淹死的！」馬芬提醒大家。

「我們的速度一定會比在路上滾動的橡果還要快！」布麗塔向他保證。

「我覺得這戰術真是無與倫比。」泰德表示讚許，「而且這是我們唯一能想

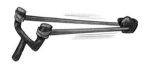

到的戰術。」

「我說，你們到底能不能讓我先起來呀！」吉爾已經忍無可忍了。

馬芬深呼吸了一口氣，問：「準備好了嗎？」

大家紛紛點頭，並一同看向吉爾，只有這頭大傻熊仍是一副呆頭呆腦的模樣，還未弄清楚他要做什麼。

「為什麼你們這樣奇怪地看着我？」吉爾問。

「你還愣着做什麼？」馬芬對他說，「趕快讓大球消失啊！」

7

神奇的魔力之火

　　吉爾施展魔法，啪的一聲，大球消失了，大家開始在湖底划水。馬芬伸直手臂，終於碰到了木門。

　　「啵啵咕嚕咕嘟！」他指着木門，對朋友們說。

　　「咕咕啵啵嚕！」泰德回應。

　　「咕嘟嚕？」吉爾問。

只有布麗塔跟平常一樣，以行動代替說話，一手拔去門閂，木門馬上像彈起的瓶塞般向內打開。水流形成一個漩渦，捲起遠方會的全體成員，瞬間把他們吸進門內。

水流湍急，馬芬、吉爾、泰德和布麗塔被沖往石階上。好不容易，泰德終於將自己的爪牢牢地嵌進石階的縫隙裏，其他朋友則緊緊抓着他的背包。與此同時，吉爾利用自己圓滾滾的大屁股，奮力地逆流而行，並使出一隻大熊的全部力氣，將木門關上。湖水不再湧入，布麗塔立刻

竄到門前，把門閂扣上。

太好了！他們成功啦！雖然大家渾身上下都濕透了，還受了一點小傷，不過總算平安無事。

他們打量着石洞，只見洞裏的湖水沿着石階，流向一個閃着光芒的房間。

「糟糕了，我的書！」泰德突然哀號起來，他一邊咕噥着，一邊彎下身翻找背包。片刻之後，他鬆了一口氣，露出滿意的笑容：「『黑暗洞穴』的青苔真神奇，用它們做成的背包夾層超級防水！我的書全都沒有沾濕呢！」

　但當泰德抬起頭時，卻發現他的朋友們早已走向那亮着光的房間。他沿着石階往下走，聽見秘洞裏迴響着馬芬的歡呼聲：「是火啊！」

　泰德走進房間，看見一團奪目的火焰懸掛在房間中央一塊大理石上，劈啪作響。地板被水浸沒，倒映出火焰的粉紅光芒。耀眼的光芒射向四方八面，讓壁龕裏的神秘雕像也閃閃發亮。

　「這些耍帥的傢伙是誰呀？」布麗塔不禁皺着眉問。

　泰德仔細地看着其中一尊雕像，那是

一隻巨大的蟾蜍，手上的箭搭在弓上。

「是『捕蠅舌』！他就是來自『惡臭沼澤』的勇士！」泰德驚呼。

「這位是睡鼠將軍『栗子心』！」

吉爾的叫聲從對面的壁龕傳來。

大家逐一欣賞着房間內的英雄雕像，並投以崇敬的目光。

布麗塔注視着一尊松鼠雕像：他身披鎧甲，手裏緊緊握着一把巨型戰戟，威風

凜凜。布麗塔就是想成為這樣的戰士，
戰無不勝。

　　那麼馬芬呢？看來他只對房間中央的
那團粉紅火焰感興趣。

　　「過去的大英雄都有屬於他們的神奇

武器，只有我沒有！」他不服氣地說，「如果我們解不開謎題裏關於火的部分，我就永遠都不能擁有自己的武器了……」

　　朋友們紛紛圍在他身邊。吉爾呆呆地看着火焰，忽然說：「這讓我想起……呃……有一種火爐……」

　　「你打算給我們烤藍莓批？」布麗塔嘲笑道。

　　「說不定這裏有一些特殊工具，可以讓我們利用火爐打造武器。」泰德提出了一個假設，「那些工具可能被水淹沒了。」

「那麼我們趕快找吧！」馬芬提起精神，和應泰德。

大家仔細地搜索地面，將手探進水裏，弄得水花四濺。布麗塔專注地尋找，一不留神，尾巴蹓到了火焰。

「小心！」大家一起大喊。

「怎麼了？」布麗塔猛地轉身，這一動，她大半的尾巴都沾上了粉紅火焰，但奇怪的是，尾巴居然沒有着火燒焦，反而絲毫無損！

「『冒着熊熊烈火』！」馬芬一邊大喊，一邊來到布麗塔身旁。

「謎題説的『冒着熊熊烈火』不是利用工具，而是……」

　　「而是？」大家都急不及待地等着馬芬的話。

　　「用手觸碰那團魔力之火！」

8

迎接秘密武器

　　安全起見，馬芬先用小指輕輕掠過火焰。他很快就把手抽回來，嘀咕了幾句後，再次小心翼翼地將整隻右手伸到火焰裏，隨後左手也慢慢探了進去。劈啪一聲，火焰燒得更旺，一直蔓延到他的手肘。

　　「很燙嗎？」吉爾問。

「不燙！像搔癢一樣。」馬芬咭咭笑着。

布麗塔有些不耐煩了，她焦急地問：「武器是不是藏在火裏？你有沒有摸到武器？」

「他一定很快就能找到的。」泰德悄聲說道，火焰的光芒映照在他的眼鏡上，「這件武器非英雄莫屬，而馬芬是我們遠方會的大英雄！」

這次，大英雄馬芬沒有退縮，他的手繼續往火裏探，觸踫到火舌，並耐心地搜索着每一處……

突然，他把手臂抽回，拳頭緊握，看來他已經從火裏抓住了一些東西。大家目光灼灼地看着馬芬，神情緊張。馬芬屏住呼吸，將手指一根一根掰開……

「一塊木頭？」他難以置信地說，「竟然是一塊微型木頭？」

「誰身上帶着放大鏡？」布麗塔嘀咕道，「如果這回我們要對付的不是兇猛的怪獸，而只是螞蟻的話，這小玩意可能還有點用處！」

吉爾和泰德湊到木頭前，仔細地打量着，互相討論起來。

「難道是謎題錯了？」吉爾問。

「這不可能。」泰德回答。

「這木頭的形狀很奇怪呢……」

「沒錯！看上去就像是『丫』字。」

馬芬一臉失望，把木頭扔回火裏，洩氣地說：「也許我根本就不是大英雄。」

「說不定是我們忘了什麼重要的事情……」布麗塔靈光一閃，嘴角揚起慧黠的笑容，「各位聰明的朋友，那道謎題不是說，我們要通過四項考驗嗎？我們已經尋找到水源，發現了土地之門，冒着熊熊烈火，還差什麼？」

「『呼出身體之氣』！」大家異口同聲地説。

　　遠方會再次提起精神。布麗塔東竄西跳，尋找線索；泰德重新打量整個房間；馬芬靜靜地思考着各種可能性；吉爾則開始向火焰吹氣。只見這頭大傻熊不停地鼓起兩腮，用力呼氣，臉蛋也漲得通紅，但火焰仍然紋絲不動。

這時，馬芬打了個響指，大聲說道：「吉爾，太好了！你給了我提示！」他沿着房間的牆壁走，並指向歷代大英雄的雕像，每個雕像的姿勢都很奇特：它們面向前方，並張開嘴巴。

「他們都是說話的模樣！」馬芬向大家解釋，「『氣』指的是他們的聲音！」

「所以，這是說……你要演講？」布麗塔仔細思量後說。

「沒錯！」

馬芬再次來到火焰前，毫不畏懼地將手探入火中。轉眼間，他就找到了那塊木

頭，並將它緊緊地握在手裏。他清了清嗓子，開始演講：「我叫馬芬，無論做什麼事情，我總是最後一名……」

泰德正在一張空白的樹皮上記錄這段「英雄演講」，但他忽然打斷馬芬的説話：「我説……這是一篇英雄演講，這樣開頭似乎不妥……」

馬芬將一隻手從火焰裏抽出來，撓了撓頭。「好吧，我重新來一遍。我叫馬芬，我總覺得自己什麼事情都做不好。媽媽説我是大懶蟲，其實她説得沒錯啦，對我來説，早上起牀就像翻山一樣困難。我的

頭髮總是亂得像個鳥窩，眼垢總是沒有擦乾淨，而且⋯⋯」

「天啊！」布麗塔懊惱地喊道。她推了推馬芬，將自己的手也伸進火裏，說：「嘿，魔力之火，你好啊！讓我告訴你吧，剛才馬芬只是太謙虛而已！他可是我們遠方會的大英雄！雖然他看起來蓬頭垢面的⋯⋯沒錯，他的確應該梳理一下那頭藍色的亂髮，但請相信我，他有一顆英雄的心！」

接着她又悄悄地説：「吉爾！你也過來説説你的想法！」

吉爾一頭霧水地問：「什麼？」

一會兒後，吉爾終於明白布麗塔的意思，於是挪動他那龐大的身軀到火焰前，並將肥碩的熊掌伸進火裏，說：「馬芬是我們最棒的大英雄！像他這樣的朋友，就如一整罐上乘的蜂蜜、一整座榛子蛋糕山，還有一整條牛奶河般珍貴……」

「該輪到我了吧？」泰德一邊說，一邊放下用作記錄的樹皮，將手伸進了火裏，說：「我們來自遠方會，馬芬是我們的大英雄，他英勇無畏，值得擁有一件屬於他的武器！」

馬芬非常感動，不禁握住朋友們的手，為演講作總結：「我叫馬芬，是一個來自遠方會的普通男孩。我已做好準備，迎接秘密武器。無論它是一塊小石子，一枝舐了一半的棒棒糖，還是一把水槍，我

都不介意……我鄭重承諾，會竭盡全力守護魔法鎮。也許我不是什麼大人物，但在我的朋友面前，我莊嚴起誓，一定會全心全意，毫無保留，做到最好！」

粉紅火焰突然閃閃發光，如同耀眼的星辰，照亮了整個房間。漸漸地，光芒變得柔和，凝聚為一個發光的丫形物件。馬芬伸出手臂，將它握在掌心。

「找到了！」馬芬終於解開了謎題，「秘密武器是一把椏杈！」

9

怪物現身了！

遠方會終於順利完成任務了！朋友們揮舞着毛茸茸的手臂，跟馬芬互相擁抱，又圍成一個圓圈，蹦蹦跳跳，高興極了。他們把馬芬拋向空中來慶祝，馬芬高舉那一把神奇的椏杈，此時它還閃耀着一點粉紅色的餘光。

「真想現在就拿這把椏杈給菲菲看

啊！」他喊道。

「沒錯，要是沒有她的幫忙，我們現在還在小湖裏打滾呢！」布麗塔笑道。

「我一定會把花冠王國的地圖找出來。」泰德堅定地說，「就算翻遍魔法鎮的所有書架，也在所不惜！」

吉爾擦了擦因激動而流下的淚水，使勁地揉着馬芬的腦袋，一臉驕傲地說：「我就知道你是大英雄，一定有辦法！現在任務完成了，我們該好好享受一頓美食啊！」

　　「蜜糖牛奶批？」

　　「配榛子忌廉！」

　　「那還等什麼？」

　　「我來請客吧！」

　　可是，布麗塔卻用腳蹬了蹬地：「我說你們兩個，與其在這裏做美食夢，不如趕快弄個泡泡出來！你們難道不想返

回地面了嗎？」

於是遠方會的一眾成員馬上做好準備：吉爾唸起咒語，再次變出一個透明泡泡，馬芬則迅速地打開木門，可是門一打開……

原本那片寧靜優美的小湖，竟變成了一潭爛泥！

「難道……難道是我們……把湖水排乾了？」泰德結巴地說，但誰都沒有回答他，大家全都震驚得目瞪口呆。

吉爾的臉色突然變得慘白，他支支吾吾地說：「怪……怪……怪怪……」

「怪物啊！」馬芬大叫，替他說了出來。

只見一條紅黃色的巨型毛毛蟲正狠狠地瞪着他們，怒吼聲從牠巨大的嘴裏傳來。

「三⋯⋯三十隻腳⋯⋯兩排⋯⋯兩排尖牙⋯⋯不會有錯！牠一定是多足巨魔獸，最可怕的巨型毛毛蟲怪物！」泰德一股腦兒解釋起來。

「謝謝你的解說⋯⋯但現在我更需要你們出手幫忙！」布麗塔大吼，爬上了一棵柏樹，拔出她的木劍。

怪物看來難以對付，牠正張開血盆大口，踐踏灌木叢林，石塊在牠龐大的身軀下一一粉碎。

「我要施展魔法……我要施展魔法……但應該唸哪一個咒語呢？」吉爾着急地喃喃自語。

怪物揮舞着爪子，將目標鎖定在泰德身上。情急之下，這可憐的鼴鼠拼命地在爛泥裏挖出一個洞來逃命。

「喂，你這個臭怪物！離我朋友遠點！」吉爾大吼，一邊將魔法杖揮向怪物，一邊唸出咒語，「變變變雕像！」

　　可是結果跟想像中完全不同：咒語雖然擊中怪物的甲殼，但甲殼裂成無數塊碎片，彈向四周。布麗塔、泰德和吉爾被反彈的魔法擊中，他們都僵在原地，變成了石像。頃刻之間，遠方會就遭受到重創。可是……等等！

　　在土地之門的後方，突然探出了一頭藍色的頭髮，其中一綹頭髮因靜電而豎起來了，還有兩片看起來比平常更招風的大耳朵。

　　雖然這不是最英雄式的登場，但馬芬做了英雄該做的事情：他躲過了被反彈的

魔法，正舉起椏杈準備作戰。

怪物發現了他，馬芬也知道自己被發現了。泥潭裏的動物全都屏住了呼吸。

「接下來全看我的了！」馬芬大叫，「偉大的時刻就要來臨！」

他拉開椏杈⋯⋯

哎呀！不好！忘了裝彈藥！

馬芬俯下身，四處尋找可用作彈藥的東西。前方有塊石頭正合適，但離怪物太近了，他只好翻起自己的口袋。

哈哈！他笑了。

「我喜歡吃的是甘草糖啊，『壓路

機』瑪莉娜！」他一邊大喊，一邊從口袋裏掏出了一把甘草糖。

馬芬將椏杈對準毛毛蟲怪物。嗖！嗖！嗖！他一連射出三顆糖果，它們似乎向着怪物的雙眼直奔而去，但中途卻突然轉向，偏離了目標。

馬芬簡直不敢相信，他一動不動，注視着糖果劃過天際的藍色軌跡，連怪物也驚訝得目瞪口呆。只見那三顆糖果似乎帶有魔法，在到達最高點後，忽然俯衝而下，宛如雄鷹。

這是怎麼一回事？

嗤！嗤！嗤！糖果全都黏在怪物的上顎，牠開始貪婪地吸吮起來。

「好味道！」怪物咯咯笑着，「我還要！」

怪物打起飽嗝，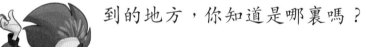刮起一陣狂風。馬芬不得不蜷曲身體，才沒被強風吹走。

「我還要！」怪物又吼了一聲。

馬芬湊到牠跟前，將藏在身上的甘草糖射向怪物的嘴裏。糖果藏在一個意想不到的地方，你知道是哪裏嗎？

答案是……馬芬的襪子裏！

「快沒有啦！」片刻後，馬芬從襪子裏取出最後一顆甘草糖，無奈地說，「你不要生我的氣，好嗎？」

但當他抬起頭時，怪物居然消失不見了。

「什……什麼？」馬芬驚訝得說不出話來。

「傻瓜，我為什麼要生氣呀？」菲菲問，只見她正坐在塌陷的泥土上，就是怪物憑空消失的地方。她從馬芬手上取過最後一顆糖果，小心翼翼地放進嘴裏。她的

唇邊圍着一圈黑色的糖漬。

「這糖果真美『眉』！」

「你是想説真美『味』嗎？」這回輪到馬芬來糾正她了。

馬芬撓了撓頭，將目光投向一眾朋友。他們分散在沼澤裏，還保持着滑稽的姿勢。

無數個問號閃過馬芬的腦海，最大的一個是⋯⋯

「難道那怪物⋯⋯就是菲菲？」馬芬不禁喃喃自語。

10
遠方會的新成員

　　菲菲在空中轉了一個圈，就將一切恢復正常。湖水重新注入，水靜如鏡，清澈見底。朵朵蓮花飄浮在水面上，被踏扁的植物也長了出來。勇士秘洞隱沒於湖底，怪物留下的痕跡完全消失。

　　不管你是否相信，總之這個地方又變回原來讓人心曠神怡的模樣。

接着，為了喚醒石化了的遠方會成員，菲菲施展魔法，在他們的鼻子上輕輕拍打了一下。布麗塔、泰德和吉爾紛紛打起呵欠，還伸起懶腰，彷彿剛剛從冬眠中蘇醒過來。

一看見馬芬，他們就連珠炮發般向他發問。

「你打敗了多足巨魔獸嗎？」泰德一邊追問，一邊拿着筆，準備記錄當時的場面。

「這個嘛⋯⋯」馬芬正想講述剛才驚心動魄的過程，眼角的餘光瞥見菲

菲,她似乎真的什麼都不記得了。「反正怪物應該暫時不會再出現了……希望不會!」

「那麼大英雄的秘密武器有沒有派上用場?」布麗塔搖晃着尾巴,興奮地問。

馬芬點點頭,説:「從現在開始,我們就叫它『魔力椏杈』吧!這武器能讓發射出去的東西彈跳起來,但不管怎樣彈跳,最後都能擊中目標!」

吉爾用毛茸茸的手臂抱住馬芬的肩膀,悄聲地説:「來,快把真相告訴你的大熊朋友。是菲菲用魔法將怪物消滅

了，對不對？」

「把什麼消滅了？」菲菲問。

泰德回答她：「就是怪⋯⋯怪⋯⋯嗚⋯⋯嗯⋯⋯啊⋯⋯你在幹什麼！」

只見馬芬跳起來，捂住泰德的嘴巴。

「是甘草糖啦。」他一邊說，一邊向朋友們使眼色，似乎在暗示：我之後再告訴你們吧。

馬芬已經猜到這究竟是怎麼回事了：嬌小的菲菲看到自己心愛的小湖又化為泥潭，一怒之下變成了巨型毛毛蟲，但她自己根本毫不知情。如果現在讓她知

道真相，只會讓她難過。

　　菲菲笑着問：「你們成功了嗎？完成任務了嗎？」

　　馬芬將「魔力椏杈」高高舉到空中。

　　「我們排除萬難，終於找到了秘密武器！」他一邊說，一邊向伙伴們投以自豪的目光，「遠方會必勝！」

　　接着，馬芬又向菲菲鞠了一躬：「不過更重要的事情是……」

　　「是什麼？」大家不禁好奇地問。

　　馬芬微笑着對菲菲說：「我希望你能夠成為我們的伙伴，你願不願意加入

遠方會？」

　　大家都靜默不語，等待菲菲的回答。
好一會兒，菲菲終於張開了翅膀，在空中
翩翩起舞。她發出了幸福的吶喊聲，
聲音迴盪不散，一直傳到了熊崖堡。

11

回家了！

　　粉紅色的晚霞映照在魔法鎮的上空，遠方會的成員也踏上了歸途。他們在路上談論着那件秘密武器，還有它有趣的名字——魔力椏杈。

　　在他們之中，菲菲顯得特別快樂，正拍着翅膀飛舞。從今以後，她不再是孤零零的了。也許有一天，她還能回到花

冠王國呢！

　　對了，說到回家……
馬芬很快就會被吉爾傳送回
學校，不知到時候，他是否
還能這樣高興呢？

　　你難道忘了嗎？他和「壓路機」瑪莉
娜還有一場對決啊！

　　不過，馬芬是一位大英雄，如今他
還擁有屬於自己的魔法武器呢！

　　如果他能打敗一隻毛毛蟲怪物……那
麼他一定能渡過眼前這個難關的，你說對
不對？

魔法烏龍冒險隊 1
英雄暗號的謎題

作　　者：史提夫・史提芬遜（Sir Steve Stevenson）
繪　　圖：伊雲・比加雷拉（Ivan Bigarella）
翻　　譯：陸辛耘
責任編輯：陳志倩
美術設計：陳雅琳
出　　版：新雅文化事業有限公司
　　　　　香港英皇道499號北角工業大廈18樓
　　　　　電話：（852）2138 7998
　　　　　傳真：（852）2597 4003
　　　　　網址：http://www.sunya.com.hk
　　　　　電郵：marketing@sunya.com.hk
發　　行：香港聯合書刊物流有限公司
　　　　　香港新界大埔汀麗路36號中華商務印刷大廈3字樓
　　　　　電話：（852）2150 2100
　　　　　傳真：（852）2407 3062
　　　　　電郵：info@suplogistics.com.hk
印　　刷：中華商務彩色印刷有限公司
　　　　　香港新界大埔汀麗路36號
版　　次：二〇二〇年六月初版